啊嗚
啪

噠噠噠
噠噠噠
報告，發現佐羅力了！
在山上。他逃到山上去了。
為了我們動物警察的名譽，這次一定要抓到他，絕不能讓他跑了。
為了告慰父親在天之靈，我非得親手逮到佐羅力不可。

今天的佐羅力三人，沒辦法再像平常一樣快快樂樂、輕輕鬆鬆的唱歌了。

相信大家也看到了，有很多很多的警官正在雪山上追捕他們，大隊人馬慢慢的向他們逼近。

趕快，所有人聽令，立刻包圍這座山。
務必要滴水不漏，絕對不能讓他們逃下山。

哈哈呼呼
哈哈呼呼
佐羅力大師，等等我——
閉嘴，快逃。
我的天啊，怎麼會有那麼多警官——
這麼一來，佐羅力已經是甕中之鱉了。
趕快投降吧。

警官們手拉著手，在山腳下圍成了一圈，然後，慢慢的向佐羅力他們逼近。

山頂告示
請勿亂丟垃圾
請發揮公德心，
愛護山林，人人有責。
你跑不了的。
我們一定會逮到你的。
你別想再逃了。
怎麼樣？沒輒了吧？

佐羅力三人
找不到任何
一條路可以逃下山。
被包圍的三人
該怎麼辦呢？

山頂告示
⊙請勿亂丟垃圾
請發揮公德心，
愛護山林，人人有責。
劈哩
劈哩
啪卡

不必擔心。佐羅力拔起山頂上的木牌，一腳踩下，木牌裂成兩半，

綁～緊

然後，再把伊豬豬和魯豬豬分別牢牢的綁在兩塊木板上。

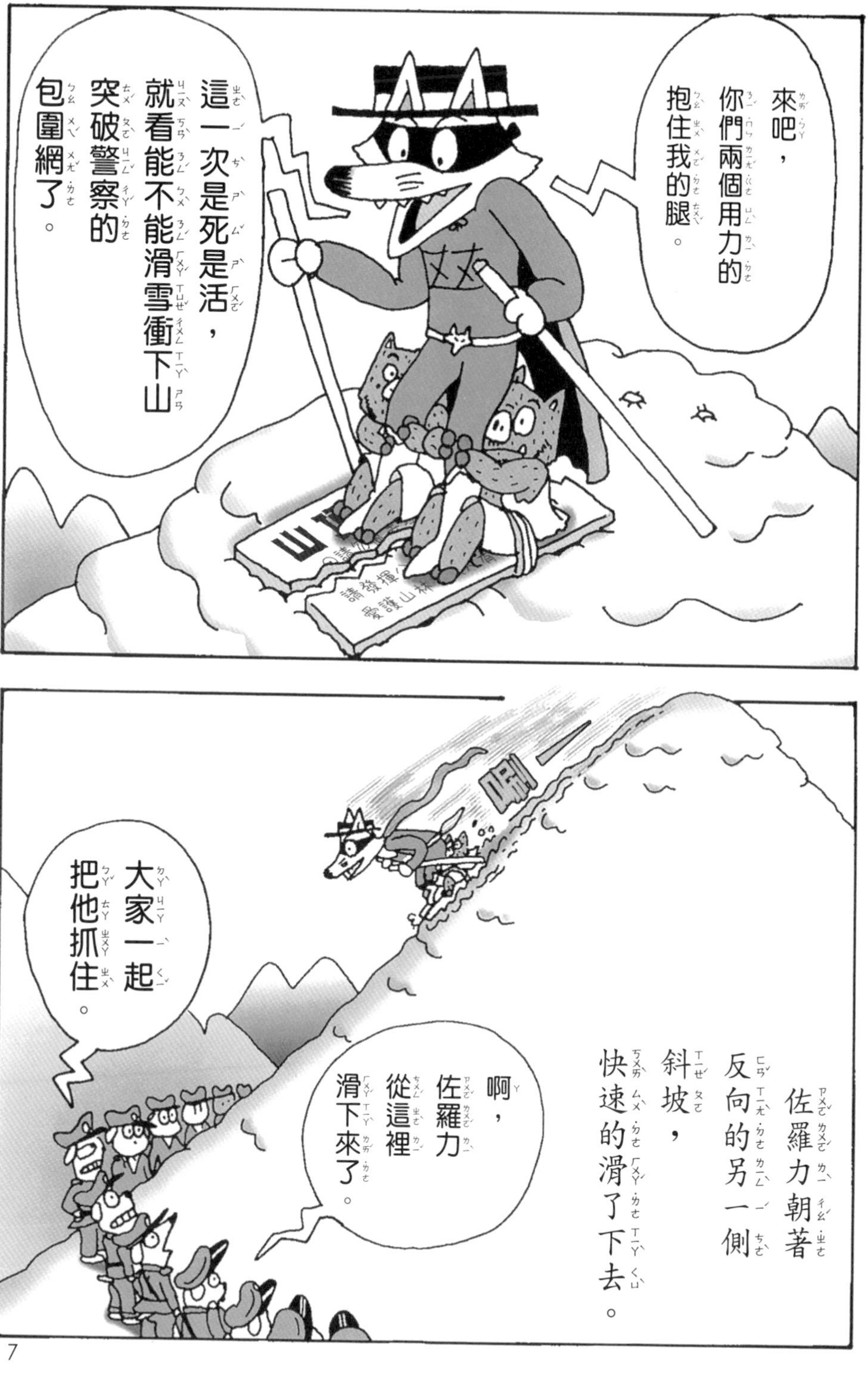
來吧，你們兩個用力的抱住我的腿。
這一次是死是活，就看能不能滑雪衝下山突破警察的包圍網了。
佐羅力朝著反向的另一側斜坡，快速的滑了下去。
啊，佐羅力從這裡滑下來了。
大家一起把他抓住。

咚—咚—！
佐羅力三人
急急忙忙
從山上
滑下來，

因為斜坡很陡，
所以速度變得非常快。
原本緊緊拉著手，
想包圍佐羅力三人，
等著他們自投羅網的警官，
像保齡球球瓶一樣，
一個一個全倒了。
正當佐羅力三人，以驚人的速度滑下山時，
等待他們的……

正好是冬季五輪匹克運動會的跳臺滑雪比賽會場。

佐羅力三人從跳臺上飛衝了出去，而且速度相當驚人。

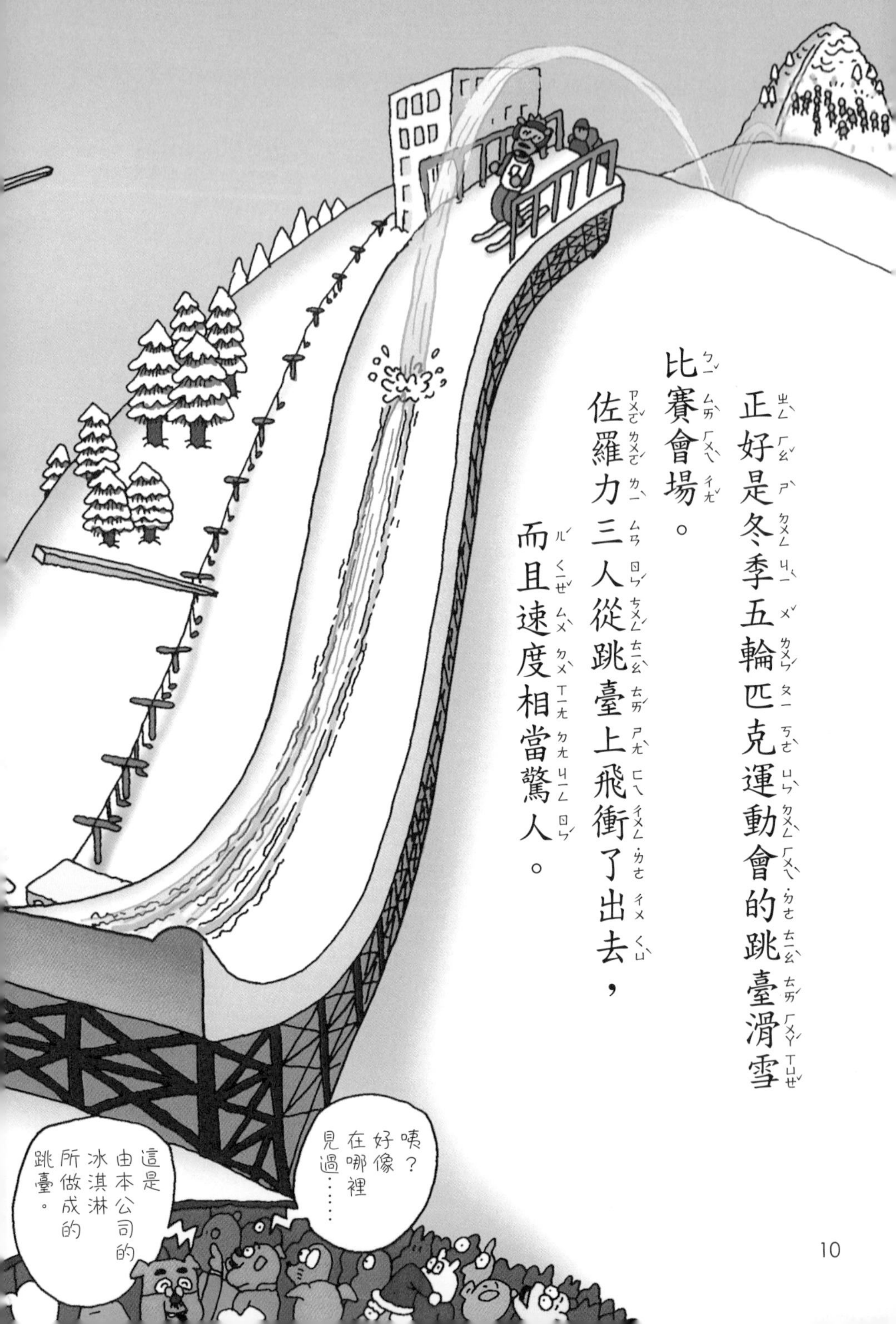
咦？好像在哪裡見過……
這是由本公司的冰淇淋所做成的跳臺。

怪傑佐羅力之
恐怖大跳躍

文·圖 **原裕** 譯 王蘊潔

呼咻——安全著地!!

在無數觀眾的矚目下，

佐羅力三人以漂亮的動作成功落地。

而且，他們居然不費吹灰之力，

就打破了世界紀錄。會場裡，

響起了電視轉播主播激動的聲音：

「打破了、打破了世界紀錄！

不知道是哪一個國家的選手？

如此漂亮的跳躍，絕對會在跳臺滑雪史上

留下紀錄。」

現場歡聲雷動，驚呼連連。

但是，五輪匹克運動會的評審馬上跑了過來，對他們說：
你沒有穿著大會規定的選手服裝，就跑來比賽，犯規！
竟然坐了三個人，犯規！
而且，你也沒有登記你是代表哪一個國家參賽的選手，比賽資格，取消——
這不是大會規定的正式滑雪板，犯規！
跳台選手名冊

「搞了半天，原來是個冒牌選手。」

前一刻還在用力歡呼的觀眾，一下子歡呼聲變噓聲。

佐羅力只好捂著臉，躡手躡腳的，從比賽會場偷偷逃走了。

「如果我們是選手，剛才就可以得到金牌了。」

伊豬豬很不甘心的說。

「你這個笨蛋，現在警察正在追我們。如果在這裡出風頭，等於告訴警察我們的下落。所以，反而要謝謝他們取消我們的比賽資格。」

佐羅力這才終於鬆了一口氣。

①
這時，一隻手從旁邊的門伸了出來——
選手休息室
9
②
抓住了佐羅力的手臂——
③
一把將他拉進房間。
佐羅力大師！
啊！
④
伊豬豬和魯豬豬驚訝得措手不及，連忙合力抓住門把想打開那扇門——

等他們衝進房裡，看到一個身材瘦瘦高高的年輕人，正跪在佐羅力面前。

無論如何，請你、請你一定要當我的滑雪教練，請你教我跳臺滑雪，我也想要滑得像你剛才那樣完美，拜託你了。

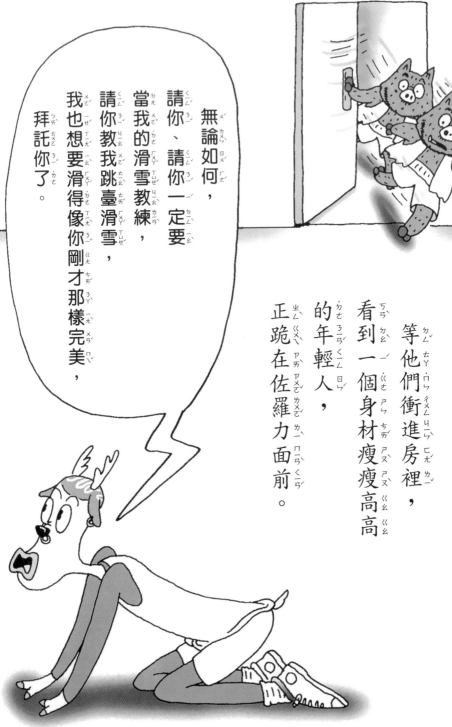

喂，喂，
你不是經過了層層考驗，
才成為百裡選一的
跳臺滑雪選手嗎？
冬季五輪匹克運動會比賽
都已經正式開始了，
你現在才說什麼要我教你跳臺滑雪，
這聽起來不是
太奇怪了嗎？

於是，年輕人把其中的原因告訴了佐羅力。

我的名字叫丹克。
我來自一個位在南方的新興小國家，
名叫波斯凱王國，
這是個誰也沒聽過的國家。
為了提升國家的知名度，
我們的國王希望透過參加
這次的冬季五輪匹克運動會，
一舉成名，
好讓全世界
都知道
波斯凱王國。
波斯凱
參加
冬季五輪
匹克運動會
通知書

所以，決定無論如何
都一定要派選手來
參加比賽。
但是，
我們國家
是一個四季如夏的
南方島嶼。
從來沒有下過雪，
也沒有任何人
熟悉冬季相關
的運動……

我是個籃球選手，
是全國最會跳、
也跳得最高的人，
所以，國王就
任命我為
跳臺滑雪的選手代表，
要我到這裡來
參加比賽。
咻｜咻
而且——

國王還說：

想要舉世聞名，讓全世界都注意到我們波斯凱王國，唯一的方法，就是在比賽中贏得金牌。如果你拿不到金牌，那麼，你也別想再回到這個國家來。

他的態度相當堅決。

「這、這根本是亂來。」

「可不是嗎？

如果我這次比賽得不到金牌，
以後就再也見不到我的爸爸和媽媽了。
所以，請你無論如何都要教我
做到和你剛才一樣完美的動作，
讓我可以在比賽中，贏得金牌。」

丹克的眼中泛著淚光，
緊緊握著佐羅力的手，向他懇求。

「這個國王太過分，真是太過分了。」

佐羅力內心深深的了解
見不到媽媽的痛苦，
忍不住流下了眼淚。

「這件事就交給我吧。
本大爺保證讓金牌
掛在你的脖子上!!」

他拍著胸脯保證。

但是，對於跳臺滑雪這件事，

佐羅力自己也才跳過剛剛那麼一次而已，要怎麼教別人呢？

伊豬豬和魯豬豬聽了忍不住為佐羅力捏了一把冷汗。

這時，外面有人咚咚的敲門。

「請問佐羅力和他的手下有沒有逃來這裡？」

門外傳來問話聲。

一定是警察追到這裡來了。

「佐羅力大師，怎麼辦？」

「真、真傷腦筋。」

「請問，是不是有什麼人在追你們？」

「喔喔，我跟你說，像我跳臺滑雪的技術那麼好，到處都有人搶著要我去當他們的教練。有些國家甚至還會動用警察來硬的，實在讓我無力招架。」

佐羅力急中生智的編了這個理由。

「你說什麼？

你非當我的教練不可，

如果你被其他國家搶走，

那可就大事不妙了！」

於是，丹克立刻

帶著佐羅力三人，

從後門溜了

出去——

——走出去後，那裡剛好是冰上溜石的比賽場地。

冰上溜石的比賽規則

清道夫
①把取名為「石壺」的帶柄圓石丟在冰上，讓石壺能在冰上滑行。
②由擔任「清道夫」的隊友用刷子在冰上摩擦，讓石壺可以滑得更遠。
唰嗒唰嗒
刷子
石壺

握住這裡丟出去
光滑溜溜
☆用這個刷子，把原本粗糙的冰塊表面清掃光滑，讓石壺滑得更快。
☆由名為花崗岩的石頭製成，每個重量大約二十公斤左右。
冰上溜石是什麼樣的運動項目呢？
喔，原來是這樣玩的啊，那有點像打彈珠嘛，太有意思了，要不要去玩玩看？

先來簡單介紹一下
③選手要成功的
把石壺推入
名為「大本營」的圓圈中，
最靠近正中心的隊伍獲勝。
四個人組成一隊，
兩隊輪流丟十六個
石壺，比賽計分，
看哪一隊最接近
大本營的正中心。
大本營
選手丟石壺時，
可以把隊友之前丟的石壺
撞進大本營裡。
也可以故意
把對手隊的石壺
撞出大本營，
妨礙對手隊得分。
佐羅力大師，
現在沒有時間耗在
這裡玩啦。
警察已經追過來了。
我們得趕快逃才行。

就在這時，丹克突然拿起一把大木槌，朝著伊豬豬和魯豬豬的腦袋，用力敲了下去。

哇哩咧!!原、原來你是警察派來的間諜。
砰!
嗚哇～
嗚哇～

「你們有沒有看到佐羅力和一對山豬兄弟，他們三個人來過這裡嗎？」一名警官來到他們面前詢問。

「喂，你知不知道我們馬上就要參加下一場比賽，正在凝聚團隊的向心力，你居然現在來打擾我們，實在太氣人了。」丹克佯裝生氣的說，警察只好滿臉歉意的

轉身離開，
打算再去搜索
其他地方。

但是，請大家仔細看一下
冰上的兩個石壺，
竟然是被木槌敲扁的伊豬豬和魯豬豬。

丹克臨時想到的妙計，
成功的欺騙了警方的耳目，
可說是大獲成功。

「佐羅力教練，
警察還沒有放棄，
還在四處找人，
你千萬不能大意。
我假裝成選手，
把伊豬豬和魯豬豬
假扮的石壺，
用力朝大本營
丟過去。

佐羅力教練，
你拿著刷子
在我前面刷冰面，
等到接近對面那道門
你們三個就趕快
趁機從門口
逃出去。
至於其他的事，
就交給我來處理吧。」

丹克首先把伊豬豬石壺丟出去，伊豬豬在冰上滑了過去。
啪
嘶——嘶
接著，被丟出去的魯豬豬
咻——嘩
我好像丟得太輕了。

佐羅力跟著
用盡全力，
握著刷子，
在前面刷啊刷。
唰咯
唰咯
唰咯
唰咯

撞到了
伊豬豬，
我們快點閃人吧！
他們三個人
頭也不回的，
衝向那扇
打開的大門。
唰咯
唰咯
唰咯
唰咯
叩

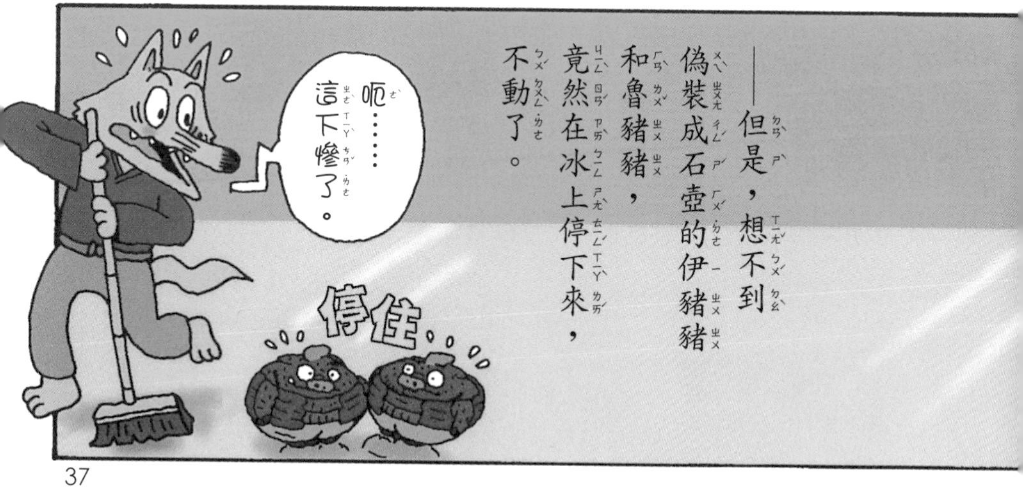
——但是，想不到
偽裝成石壺的伊豬豬
和魯豬豬，
竟然在冰上停下來，
不動了。
呃……
這下慘了。
停住

原本偽裝成石壺的伊豬豬和魯豬豬，這時不顧一切的跑了起來。

「啊，那個石壺怎麼長了腳。」

「真好笑，哈哈哈。」

比賽會場上議論紛紛，連警察也發現不對勁，連忙追了上來。

「嘿嘿嘿，真可惜啊，現在才發現已經來不及囉！」

於是，佐羅力三人從容的逃了出去。

拜～拜啦！
跌倒
滑倒
嗟嗟 嗟嗟嗟嗟
嗟嗟 嗟嗟 嗟嗟 嗟嗟

佐羅力躲在暗處，
想盡辦法要把
伊豬豬和魯豬豬
剛才被木槌敲扁的身體，
拉回原來的
樣子……

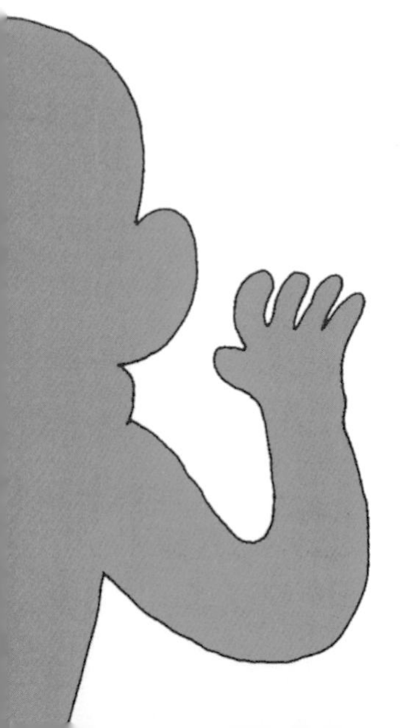

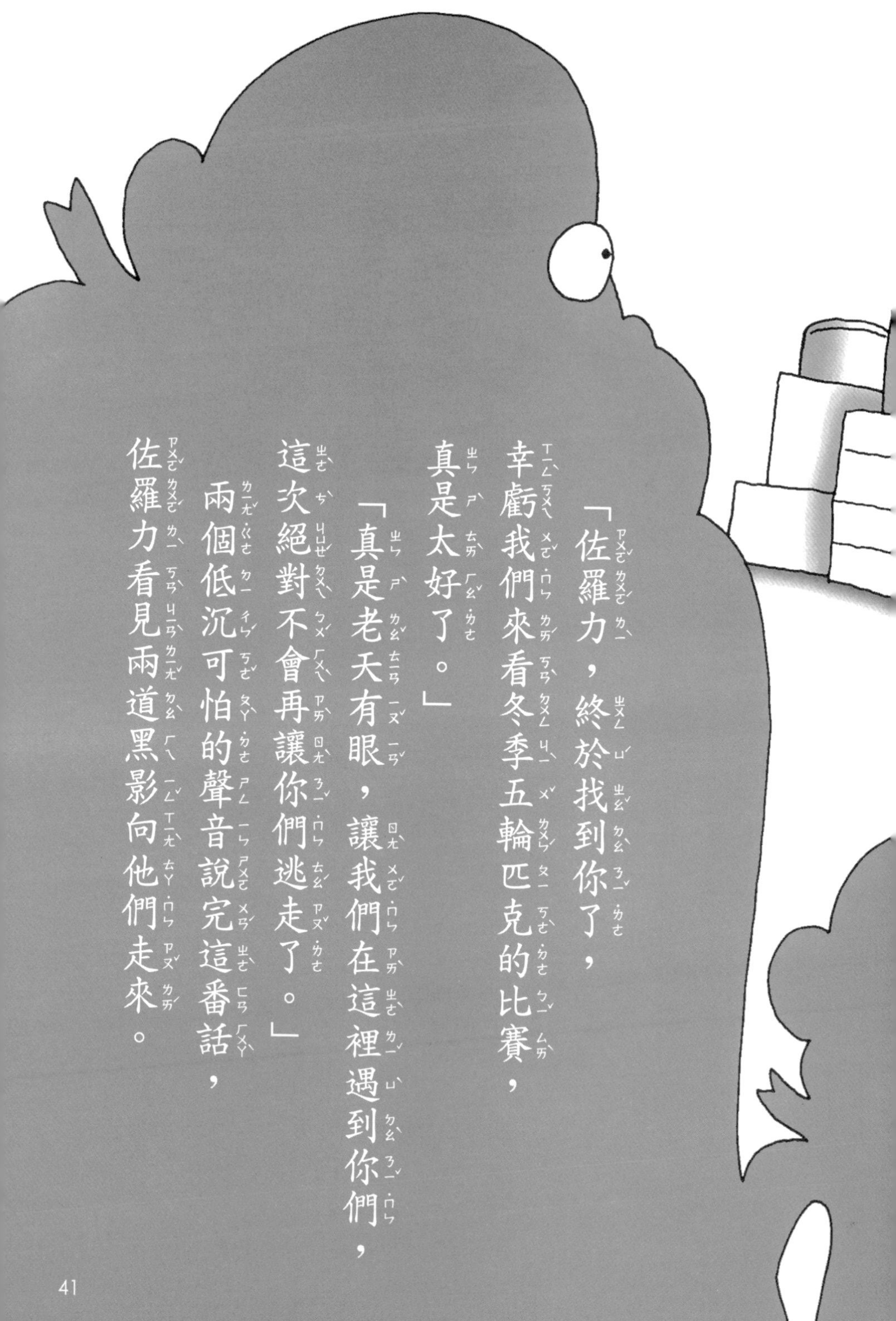

「佐羅力，終於找到你了，
幸虧我們來看冬季五輪匹克的比賽，
真是太好了。」

「真是老天有眼，讓我們在這裡遇到你們，
這次絕對不會再讓你們逃走了。」

兩個低沉可怕的聲音說完這番話，
佐羅力看見兩道黑影向他們走來。

他們不是別人，正是被佐羅力欠了債的那兩個忍者。

之前向忍者學習忍術時，佐羅力因為還不出錢，就乾脆欠債不還逃走了。

兩個忍者不肯放棄，一直在找他們，

就是要向佐羅力討債。

「現在趕快還錢吧。」

「我們身上一分錢都沒有，即使想還，也沒錢可還。」

佐羅力對他們說。

「是嗎？那就別怪我們不客氣，只有報警處理了。」

黑猩猩忍者伸出粗壯的手臂，想要把佐羅力他們帶走。就在這時，

☆關於這兩位忍者的故事，收錄在《**怪傑佐羅力之忍者大作戰**》書中，有興趣的朋友可以去找來讀讀看呵。

「競速滑冰的選手請趕快集合，比賽已經開始了。」

五輪匹克運動會的評審跑來對兩位忍者說。

「不，你們搞錯了。」

「你們身上明明穿著競速滑冰的選手服，還說不是？趕快去集合，否則遲到就會失去比賽資格了。」

競速滑冰
選手服
原來如此，競速滑冰的選手服，
真的和忍者的打扮一樣耶！

評審們架住兩名忍者，說：

「這裡的比賽場地很大，經常有選手在比賽會場裡迷路，真是傷腦筋啊。」

一邊說著，還一邊拉著他們往競速滑冰的會場走。

「呼，有驚無險！」

佐羅力才剛剛鬆了一口氣——

丹克慌慌張張的
跑過來說：
「佐羅力教練，
你怎麼
可以在這裡
休息呢？
警察已經追過來了。
趕快跟我來，
我帶你們往這裡走。」

丹克帶著他們
經過後方的小路，
然後，把他們帶進
一個很大的倉庫。

「我出去應付警察，
在我和警察周旋的時候，
就請你們委屈一下，
先躲在裡面。」

「好，那就拜託你了。」

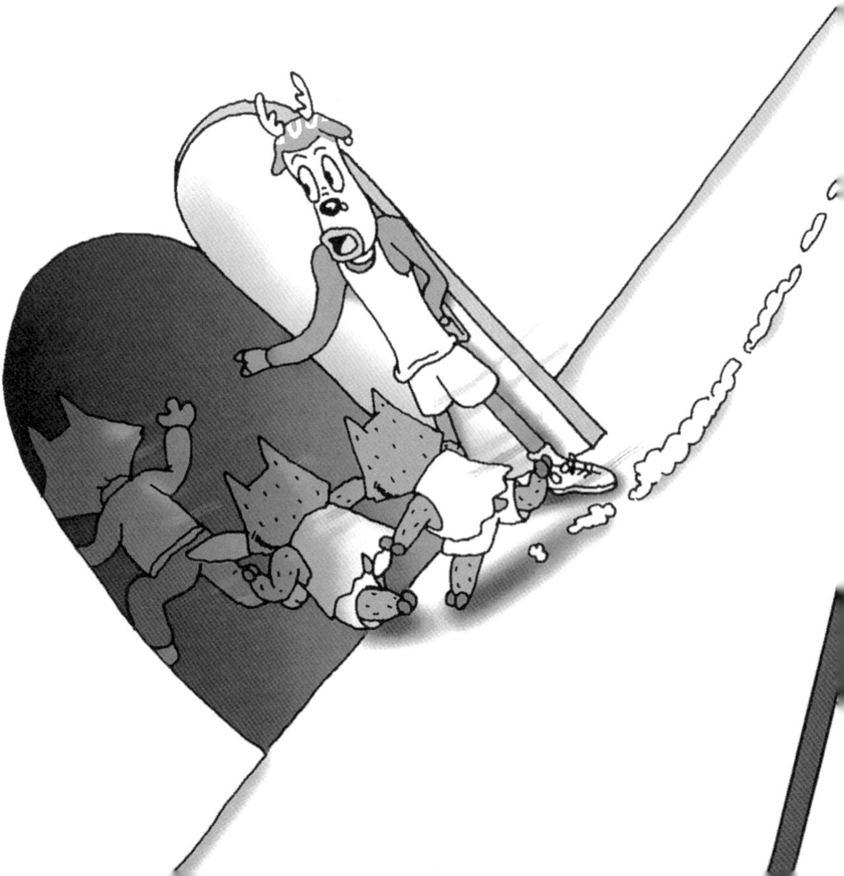

佐羅力三人

進入伸手不見五指的倉庫，

一步步摸索著

慢慢前進，

這時，他們發現了

一個洞穴。

「喔，這裡很寬敞，三個人一起躲進來也沒有問題。簡直就是為我們量身打造的嘛！」

佐羅力三人立刻鑽了進去，決定在洞裡等丹克回來。

砰！

「佐羅力教練，

你們可以出來了……

咦？……」

丹克打開倉庫的門，

剛好看見一支隊伍搬著雪車，

從另外一側的門離開了。

原來，這裡是停放雪車比賽

專用的雪車倉庫。

丹克在倉庫裡找了又找，
卻怎麼也找不到佐羅力三人。
他們到底跑哪去了呢？
丹克找不到也不奇怪，
因為佐羅力三人
以為自己躲進了洞裡，
其實他們是不小心躲進了
剛才被搬出去的雪車裡。

四人雪車比賽的相關說明

不瞭解雪車比賽的讀者，可以學習一下。

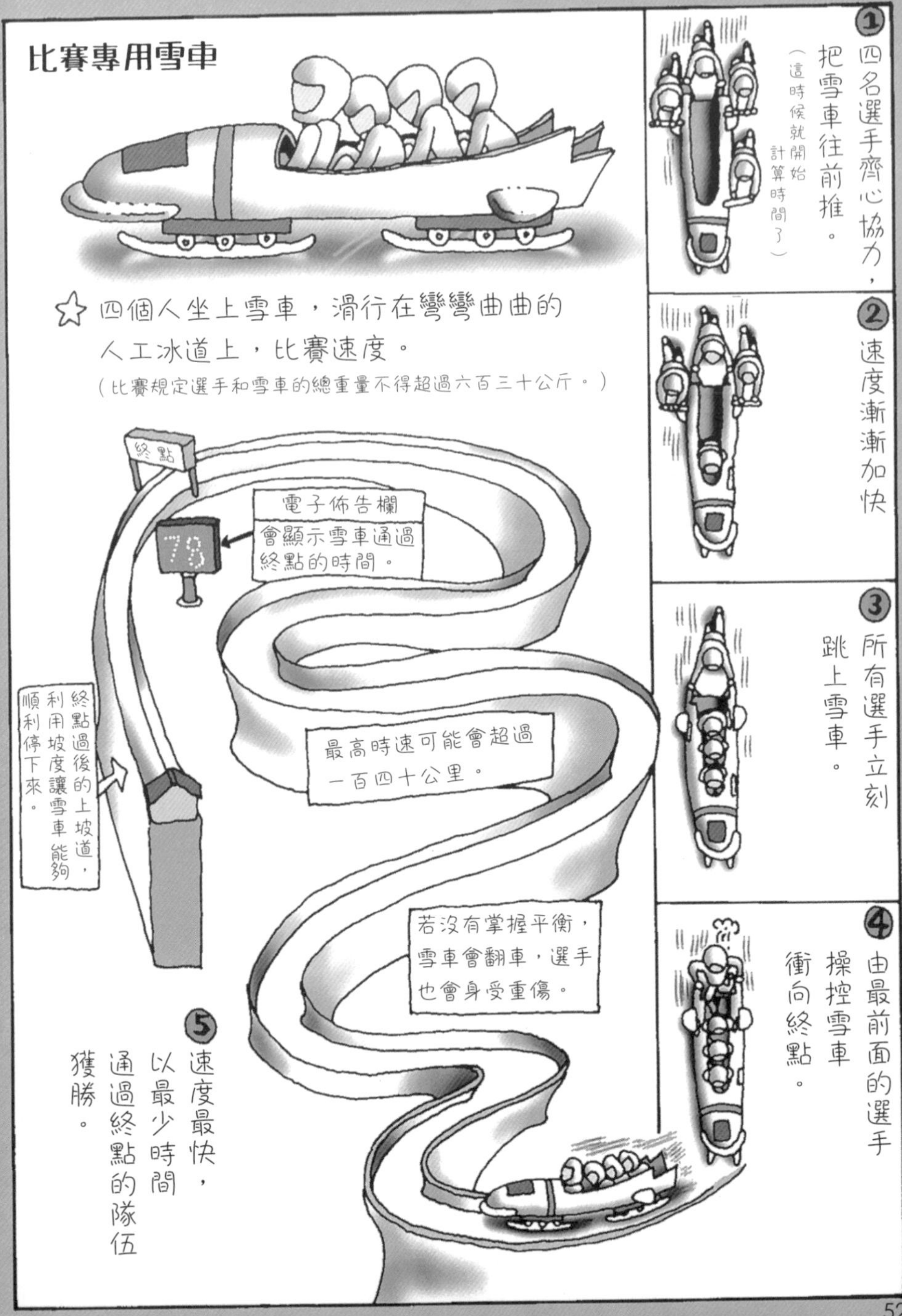
比賽專用雪車
☆四個人坐上雪車，滑行在彎彎曲曲的人工冰道上，比賽速度。
（比賽規定選手和雪車的總重量不得超過六百三十公斤。）
終點
電子佈告欄
會顯示雪車通過終點的時間。
78
終點過後的上坡道，利用坡度讓雪車能夠順利停下來。
最高時速可能會超過一百四十公里。
若沒有掌握平衡，雪車會翻車，選手也會身受重傷。
⑤速度最快，以最少時間通過終點的隊伍獲勝。
①四名選手齊心協力，把雪車往前推。
（這時候就開始計算時間了）
②速度漸漸加快
③所有選手立刻跳上雪車。
④由最前面的選手操控雪車衝向終點。

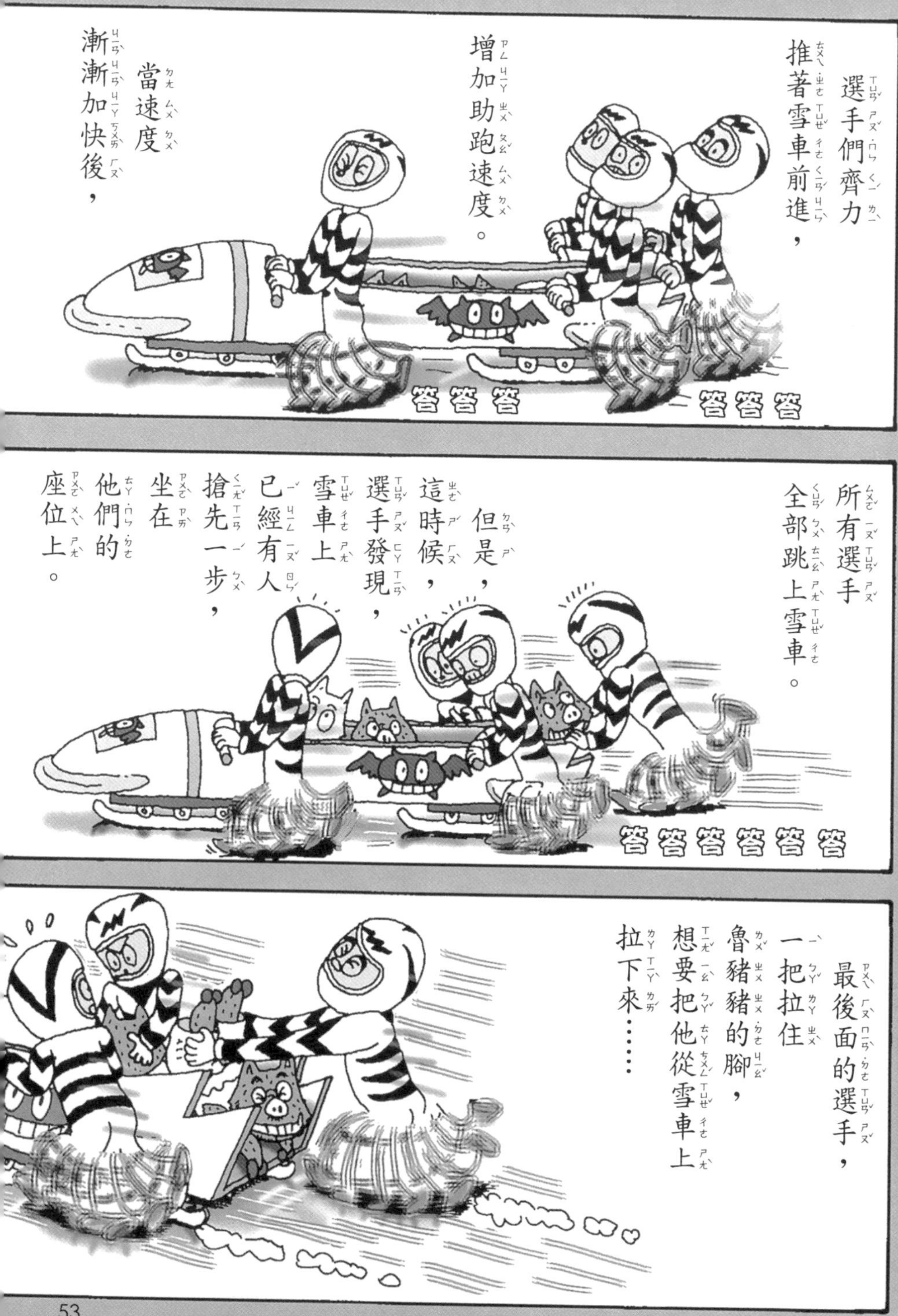

選手們齊力推著雪車前進，增加助跑速度。
當速度漸漸加快後，
答答答
答答答
所有選手全部跳上雪車。
但是，這時候，選手發現，雪車上已經有人搶先一步，坐在他們的座位上。
答答答答答答
最後面的選手，一把拉住魯豬豬的腳，想要把他從雪車上拉下來……

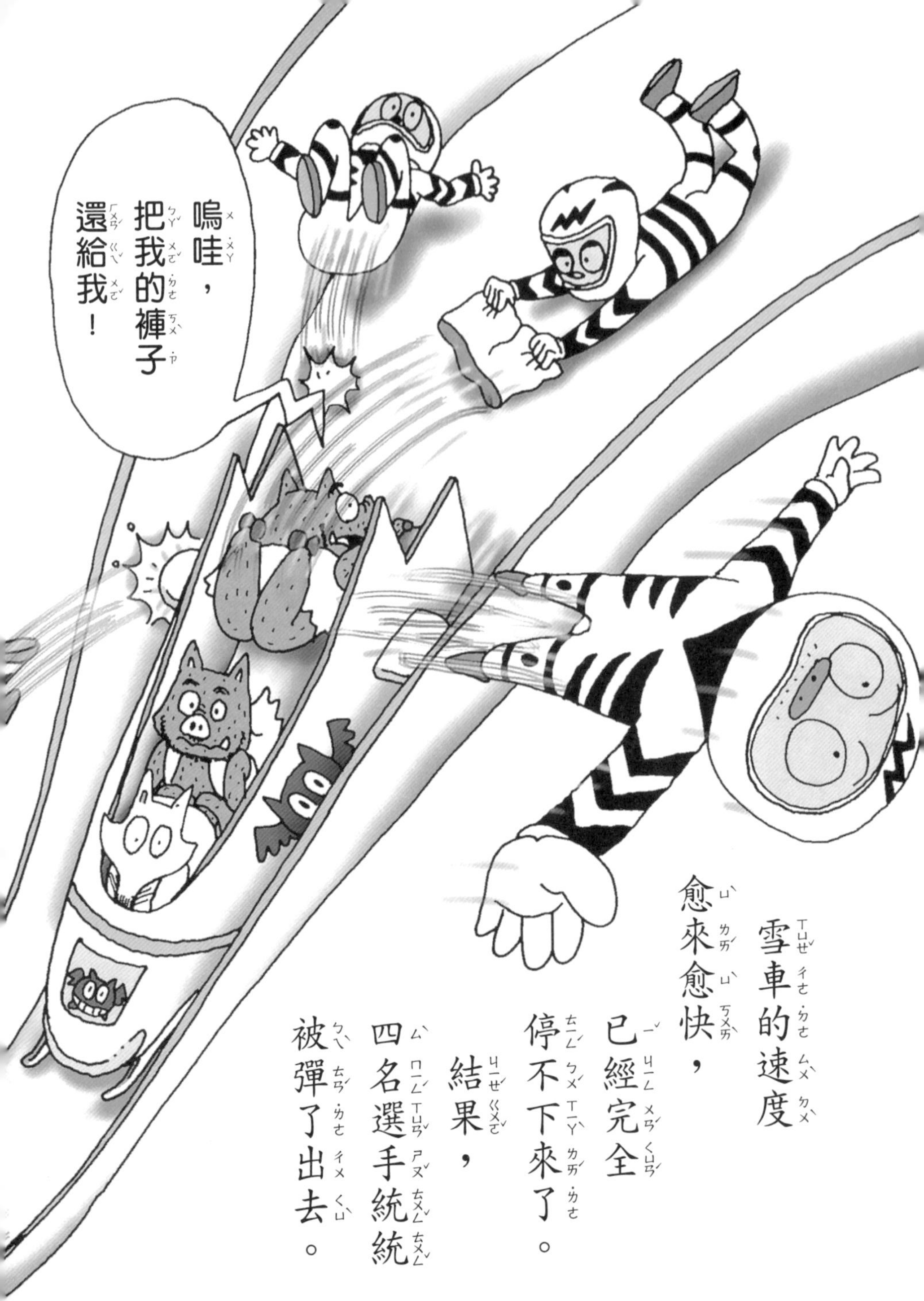

雪車的速度愈來愈快，已經完全停不下來了。

結果，四名選手統統被彈了出去。

搭載著佐羅力三人的雪車，當然不知道選手已經換了人，仍然在冰道上快速滑行。

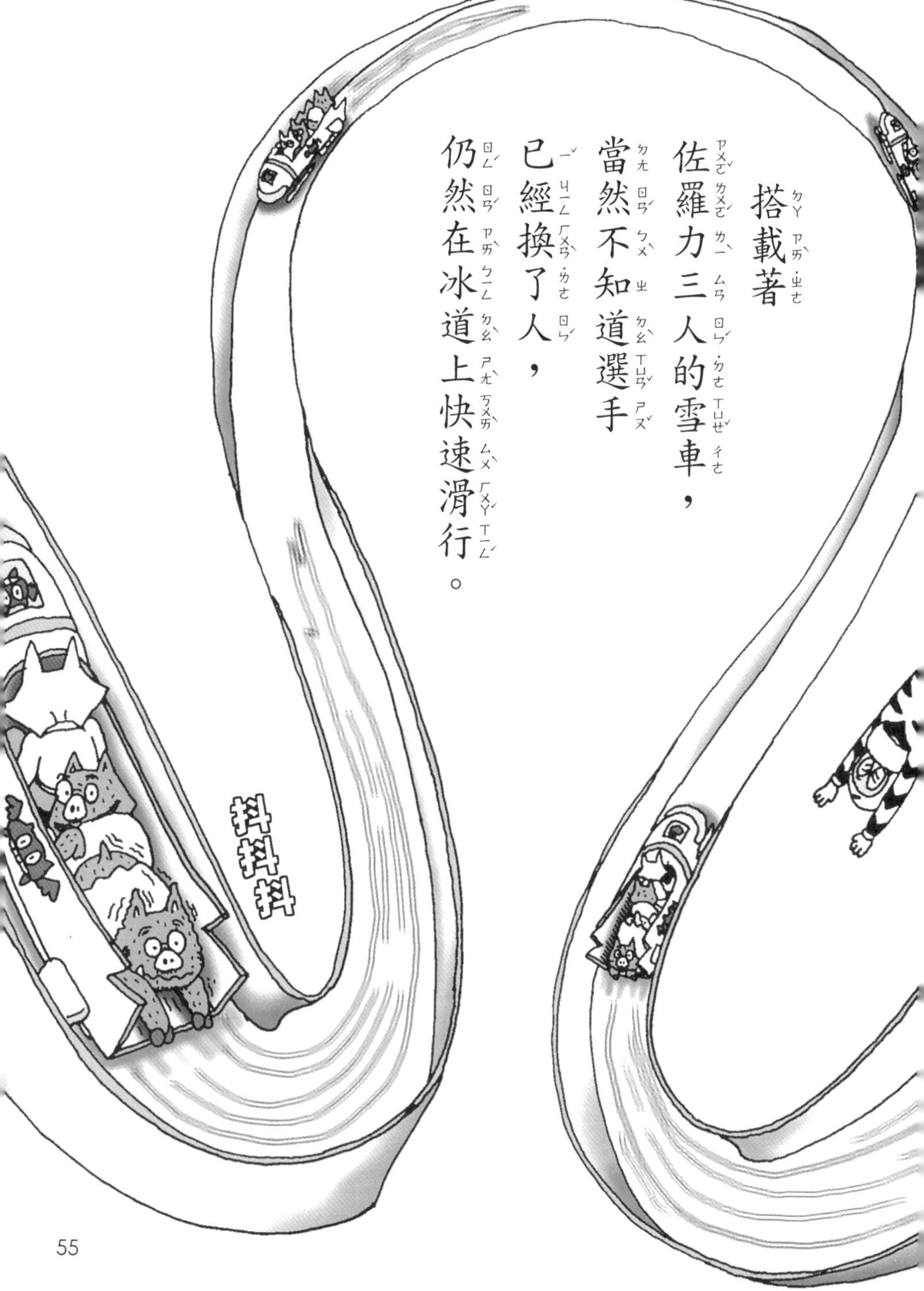

冰道上本來就很冷了，
坐在雪車最後面的魯豬豬，
連續打了一個又一個
可怕的大噴嚏。

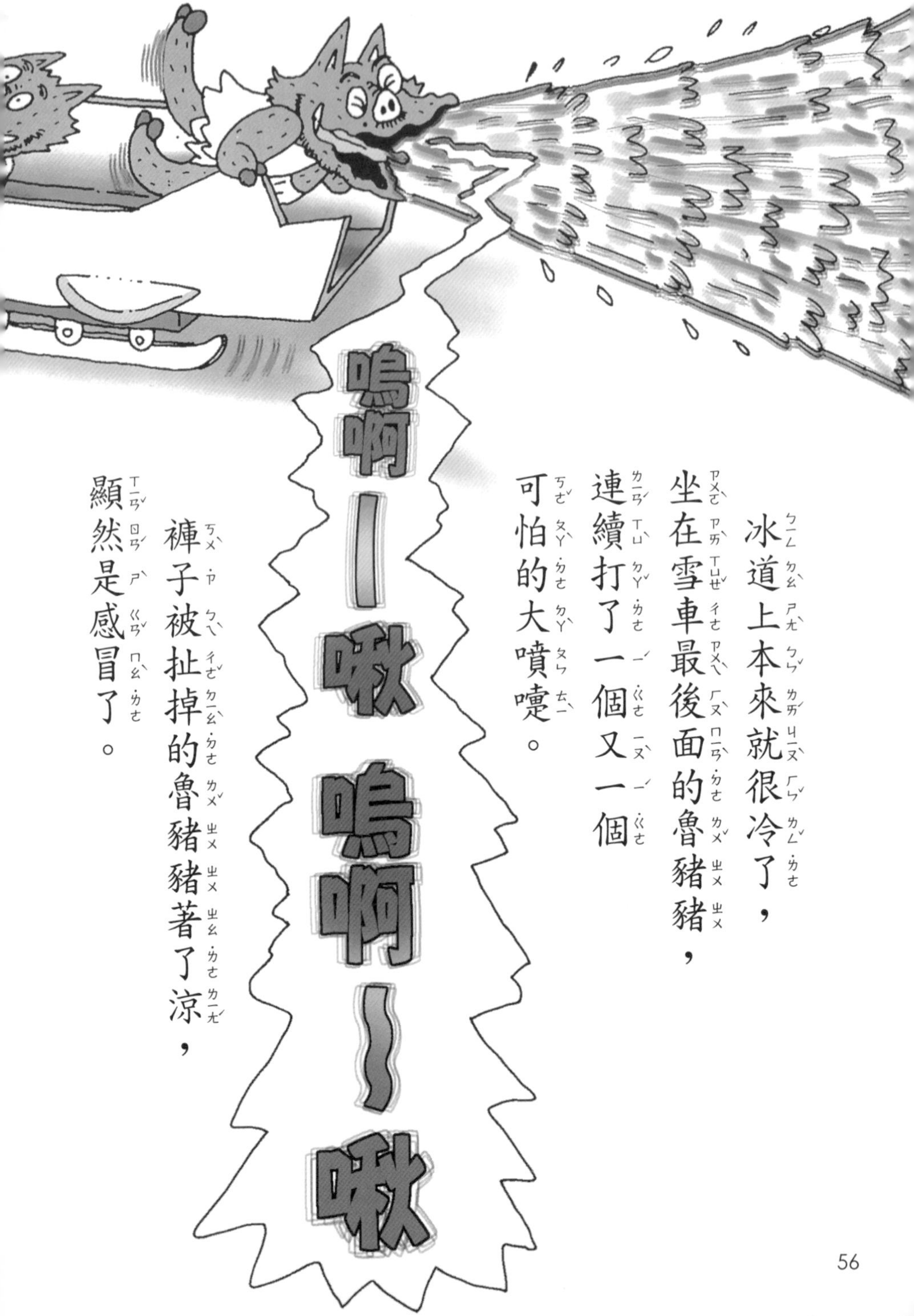

褲子被扯掉的魯豬豬著了涼，
顯然是感冒了。

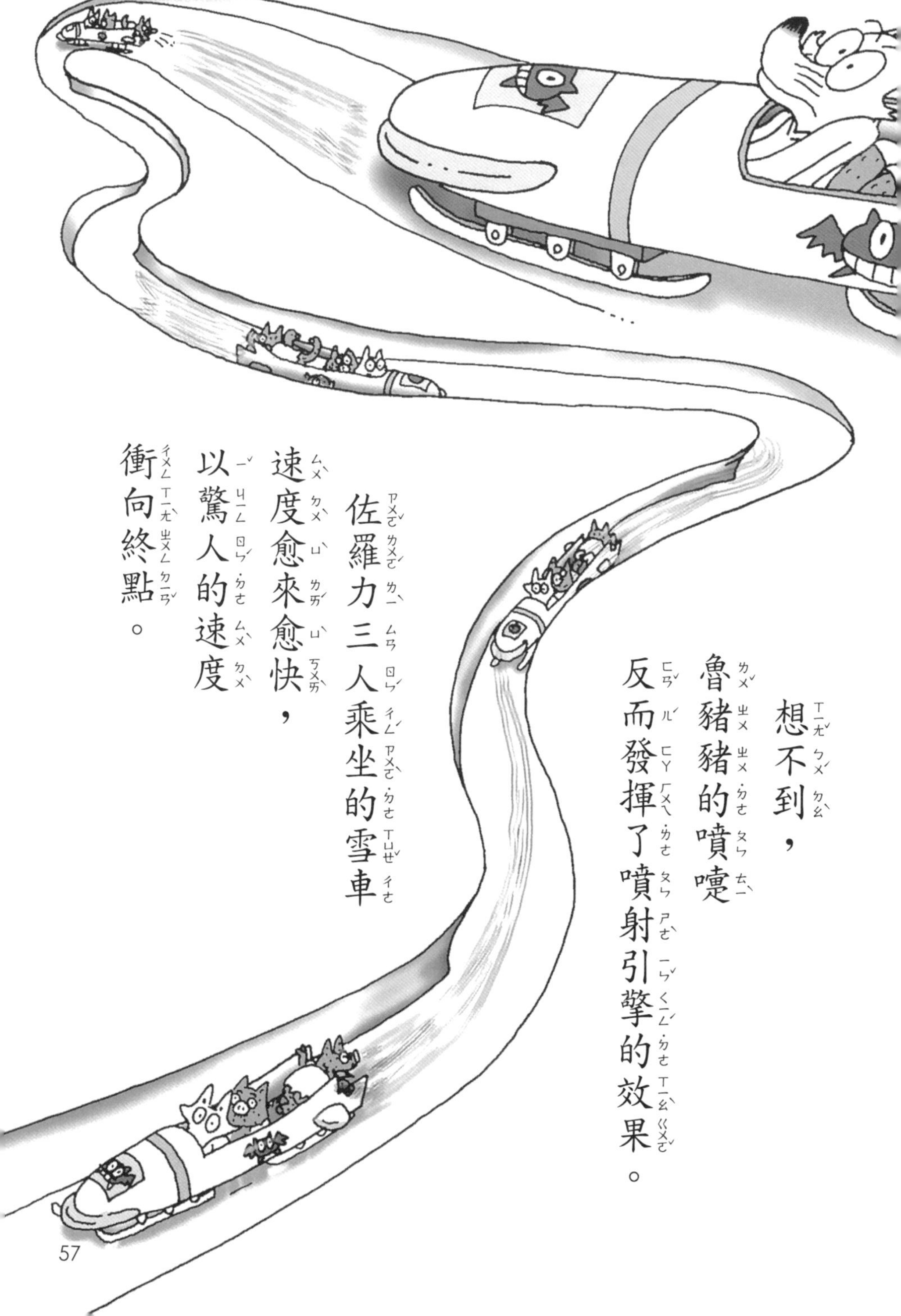

想不到，魯豬豬的噴嚏反而發揮了噴射引擎的效果。

佐羅力三人乘坐的雪車速度愈來愈快，以驚人的速度衝向終點。

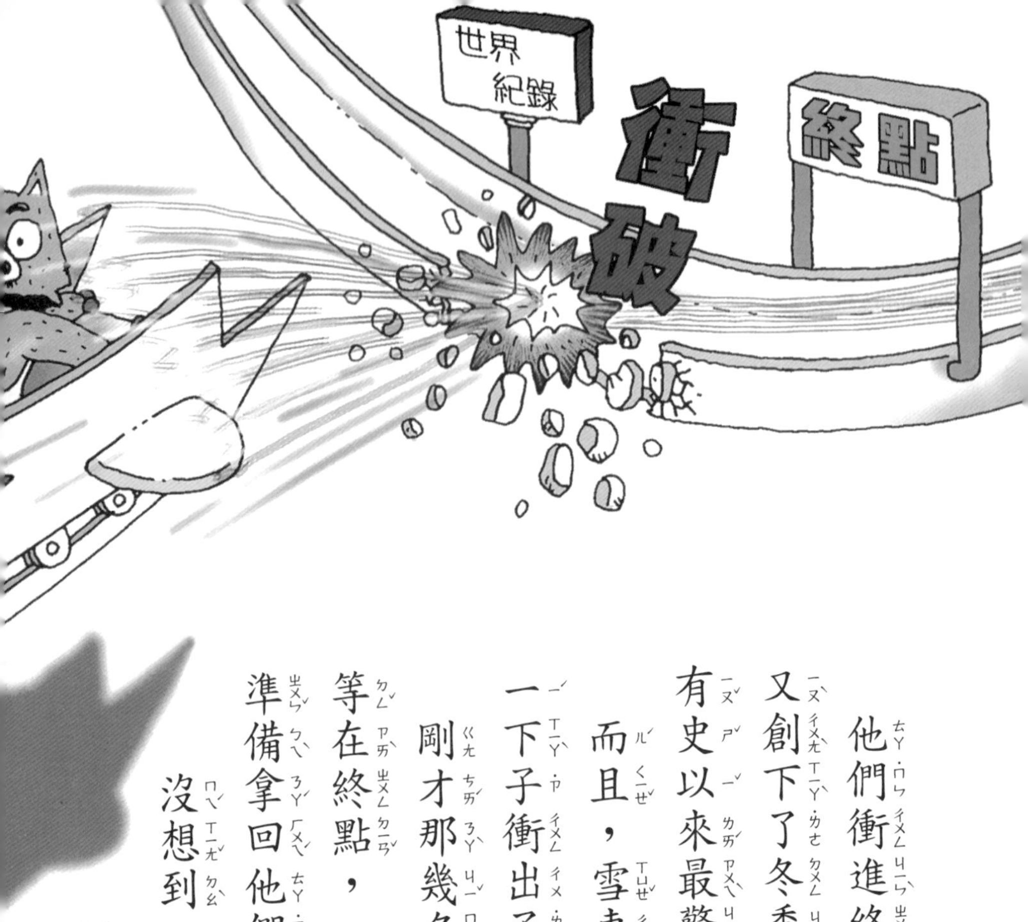

他們衝進終點時，
又創下了冬季五輪匹克運動會
有史以來最驚人的速度紀錄！
而且，雪車根本停不下來，
一下子衝出了冰道。
剛才那幾名選手
等在終點，
準備拿回他們的雪車。
沒想到，雪車卻不偏不倚，
剛好對準他們衝過去。

嗚呵！
啊～！
小心點，不要弄壞我們的雪車。
褲子還你，你把雪車還給我！
嗯？好像有一種不祥的預感。

天外飛來雪車，
選手們全都被
撞昏了過去，

佐羅力三人趁這個機會，
趕緊飛奔逃走。
因為，他們又不小心
有了驚人的表現，
打破了世界紀錄。
報社的記者和攝影師
一定很快就會圍過來想要採訪。
他們才不想又莫名其妙的
成為新聞人物。

當佐羅力三人漸漸走遠，幾乎看不見時，攝影師和記者果然紛紛擁上來，準備採訪車隊的選手。

「比賽的成績真是太驚人了。」

「請問，
你們用了
什麼拿手絕技？」
記者們針對剛才的精采表現，
接二連三的發問。
但是，這幾名雪車選手
剛才昏過去了，
完全不知道發生了什麼狀況，
只能茫然的坐在地上。

這個時候，
佐羅力三人已經回到了
丹克的休息室，一起看著電視轉播。
剛才那幾位雪車賽車選手，
正表情茫然的
走上頒獎臺，
接受別人為他們
掛上金牌。

「真讓人羨慕啊！

佐羅力教練，

那個雪車隊得到的金牌，

等於是你送給他們的。

輪到我比賽的時候，

你也會幫我拿到金牌，對吧？」

丹克露出求助的眼神，

注視著佐羅力。

對，對對，那還用說嗎？
明天早上，我會想好絕佳的作戰方法，
你早點去睡覺，
為明天的比賽做好準備。
但是，我睡覺時老是夢到國王。
他總是露出可怕的表情，
大叫著『趕快去拿金牌！
如果拿不到金牌，
我絕不原諒你！』
還一路追著我跑。
讓我覺得很害怕，
很害怕……

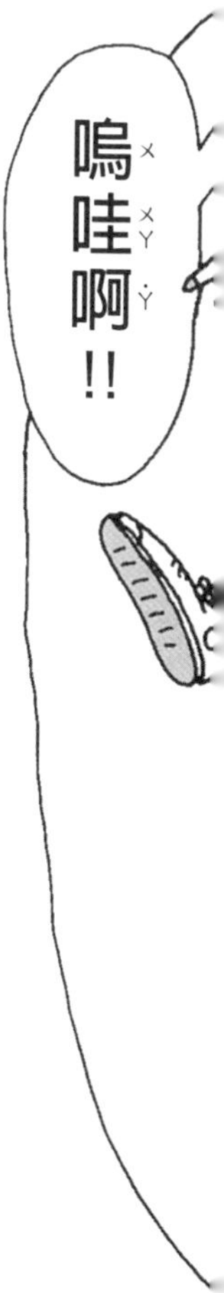

「誰叫你把國王的照片
整天帶在身上，
那怎麼可能不做噩夢嘛，
這樣吧，先由本大爺
幫你保管。」

佐羅力從丹克那裡
把照片搶了過來，
這麼對他說。

「總之，我會罩你，

所以，你什麼都不用怕，好好睡一覺吧。」

聽到佐羅力胸有成竹的保證，

丹克終於放心的走進臥室休息。

等到丹克熟睡，發出均勻的呼吸聲之後，

魯豬豬說：

「佐羅力大師，

你是不是打算等那個傢伙睡著，

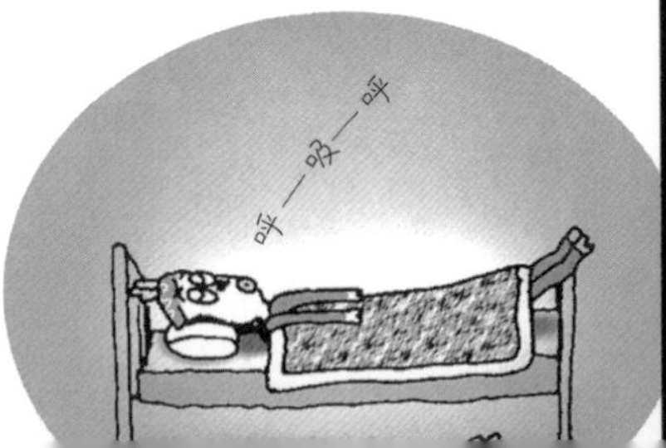

我們再偷偷溜走？
大師果然英明。」

「你這個笨蛋，我怎麼可能丟下這個說不定以後再也見不到媽媽的年輕人不管，自己逃走呢？明天我一定要想出辦法，讓他得到金牌。」

這一次，佐羅力是認真的。

「首先好好的想一想，
為什麼我們剛才可以跳得那麼遠？」
佐羅力問。

「因為警察在後面追，我們在前面逃啊。」

「對啊。誰都不喜歡
被自己覺得很可怕的東西追著跑，
人家不是說，
狗急了也會跳牆嗎？」
伊豬豬和魯豬豬這麼回答。

「嗯，你們說得好。那麼，丹克害怕的東西是什麼呢？」

佐羅力偏著頭思考。

「如果能用剛才比賽雪車的速度，滑下跳臺，然後從跳臺上跳下來，我想啊，那一定可以跳得很遠。」

伊豬豬插嘴說。

「但是，那時候是因為魯豬豬打了超級大噴嚏，才會有那麼快的速度。」

「現在可沒有辦法讓丹克突然感冒，更不可能叫他臉朝著後方跳，這個方法行不通啦。」

「唉，如果後背也會打噴嚏的話就好了……」

伊豬豬隨口說完這句話的同時，

三個人同時想到了好方法，異口同聲的大叫起來。

佐羅力謎題

☆佐羅力三人同時大叫了什麼呢？

提示

①三個人都很擅長的事。

②當然是很低級的事。

•知道答案的讀者朋友，在翻開下一頁時，請和他們三個人一起大聲叫出來。

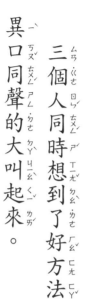

沒錯。至今為止，佐羅力三人曾經多次靠著屁的威力化險為夷，渡過了各種難關。

◎ 大顯神力的「屁」之閃亮歷史請參考：
●《怪傑佐羅力之忍者大作戰》
以上故事可以證明，確有其事。

如果採用這個作戰方法，
他們就有足夠的時間可以做準備。
於是，他們借用了丹克的錢包，
出門去買各式各樣的材料。
直到天亮之前，
佐羅力三人都在廚房裡
忙得不可開交，
他們下廚做了很多很多菜。

第二天早上，
餐桌上出現了
各式各樣用豆子、南瓜和
地瓜、芋頭做的菜。

「佐羅力教練吩咐，
只要在比賽之前，
把這些料理統統吃下去，
想得到金牌就不是夢。」

「教練呢？

他去哪了？」

「佐羅力教練說，

為了讓你獲勝，

他還有其他事情要忙，

所以一早就出門了。」

「原來教練真的希望我贏得比賽，

太感謝了。」

丹克拼命的把料理塞進肚子裡，

希望能夠回應教練對他的期待。

啊嗯
啊嗯
大口吃
大口
可樂餅
煮豆子
大紅豆
南瓜和地瓜天婦羅

丹克吃飽後，

整個肚子都鼓了起來，

伊豬豬對他說：

「你準備跳起來的那一剎那，

記得腹部要特別用力。」

「只要照著做，就會有一股神力

把你帶向金牌，聽懂了嗎？」

伊豬豬和魯豬豬互看了一眼，

賊笑了起來。

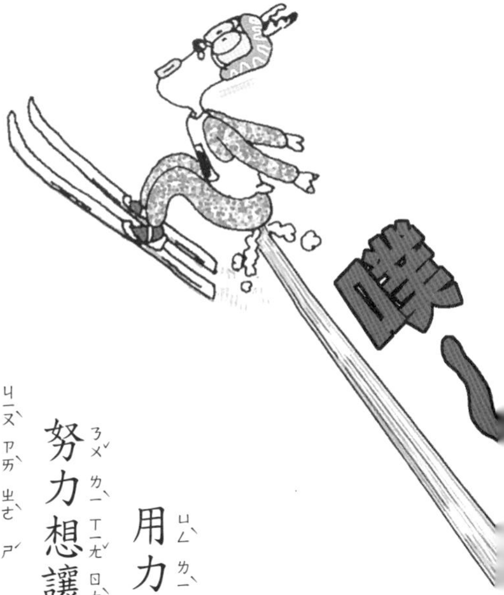

終於輪到丹克上場了。

他站在起跳臺上，

用力深呼吸，

努力想讓心情平靜下來。

就在這時，

「一定要拿到金牌呵！」

身後突然傳來一聲大叫。

聽到這個聲音，

丹克忍不住回頭一看。

發現站在他身後的是國王，
而且一臉可怕的表情。
國王再一次用可怕的聲音，
對著丹克大喊：
「拿不到金牌，我不會原諒你。」
接著，還向他跑了過來。
「咦——！」

丹克嚇得大驚失色，
飛也似的從起跳臺上出發，
一心只想逃離國王。

好可怕——
可怕的夢
居然真的
發生了。
☆跳臺上鋪的不是雪，
而是噗嚕嚕糖果公司提供的
冰淇淋做成的。
敬請品嚐獲得冬季
五輪匹克運動會
委員會認證的—
噗嚕嚕冰淇淋。
噗嚕嚕
董事長

嘶！啪！

想要逃離可怕和討厭的東西，那種心情帶給丹克巨大的力量。

「喔喔，起跳得真漂亮。完全沒有想到，這位來自默默無聞的南方國家的選手，居然能跳得這麼完美。看來，很有機會跳出好成績。」

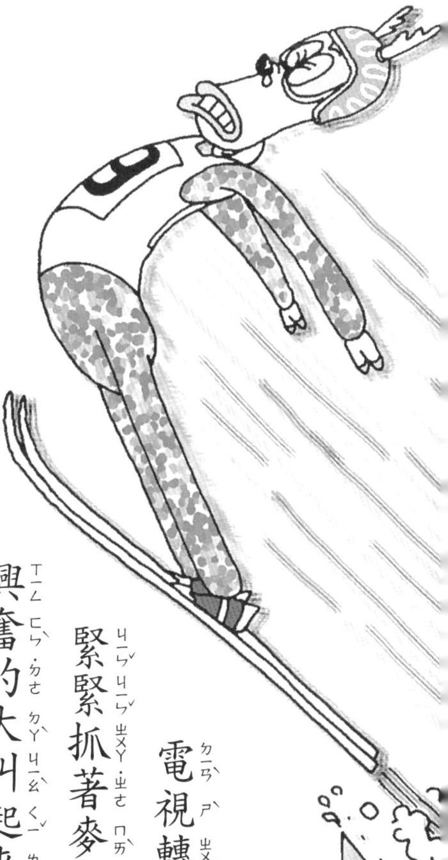

電視轉播的主播
緊緊抓著麥克風，
興奮的大叫起來。

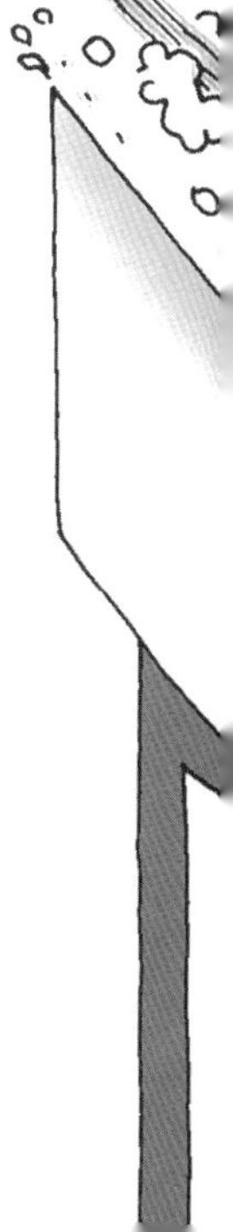

但是，對丹克來說，
他心中想要的，
根本不是得到什麼好成績，
他只想要金牌。

然而——

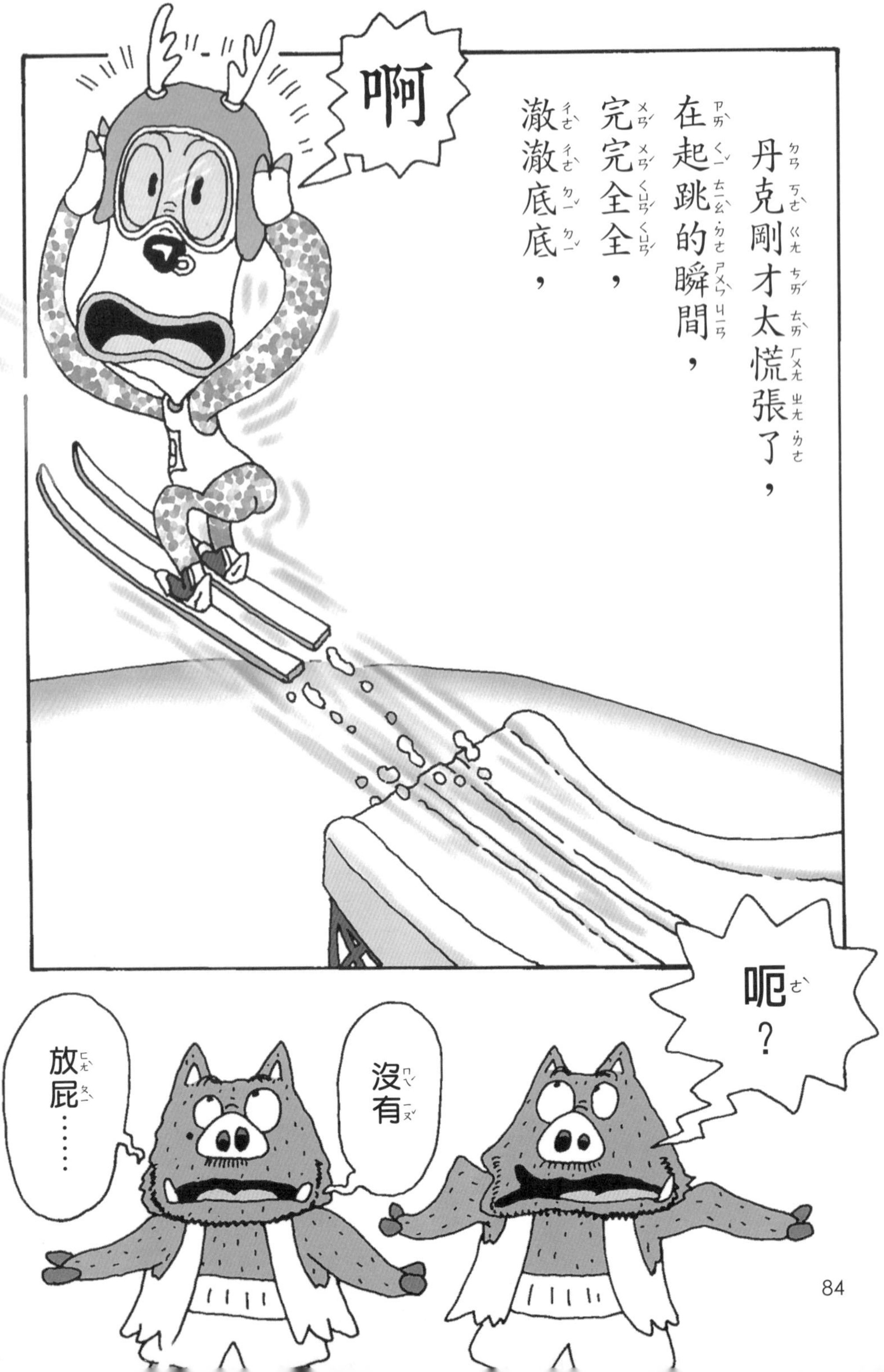
丹克剛才太慌張了，
在起跳的瞬間，
完完全全，
澈澈底底，
啊
呃？
沒有
放屁……

忘記要腹部用力了。
咻——
虧他剛才的起跳那麼成功！
沒有屁的助力，我很擔心不知道他能不能拿到金牌。

伊豬豬
和魯豬豬的擔心
果然不是沒有道理。
無論丹克
再怎麼努力，
滑雪板距離地面還是
愈來愈近，
愈來愈近。
喔，那名選手應該可以拿到銅牌。
跳得好！
喂，喂，那個傢伙他想要得到金牌耶。
這未免也太貪心了吧。

金牌，
金牌，
我只想要金牌，
只要金牌。
怎麼會這樣？
嗚哇～～
第三名選手的落點紀錄
第二名選手的落點紀錄

啊啊，他恐怕再也見不到他的爸爸和媽媽了。

不要～我想要見我的爸爸和媽媽～～
在緊要關頭的時刻，
丹克一用力，
噗～噗
肚子裡的屁終於放出來了。
第三名選手的落點紀錄
第二名選手的落點紀錄

屁的威力
果然驚人，
他就這樣
輕輕鬆鬆的
越過了
世界紀錄的
那條線。
金牌絕對
非他莫屬了。

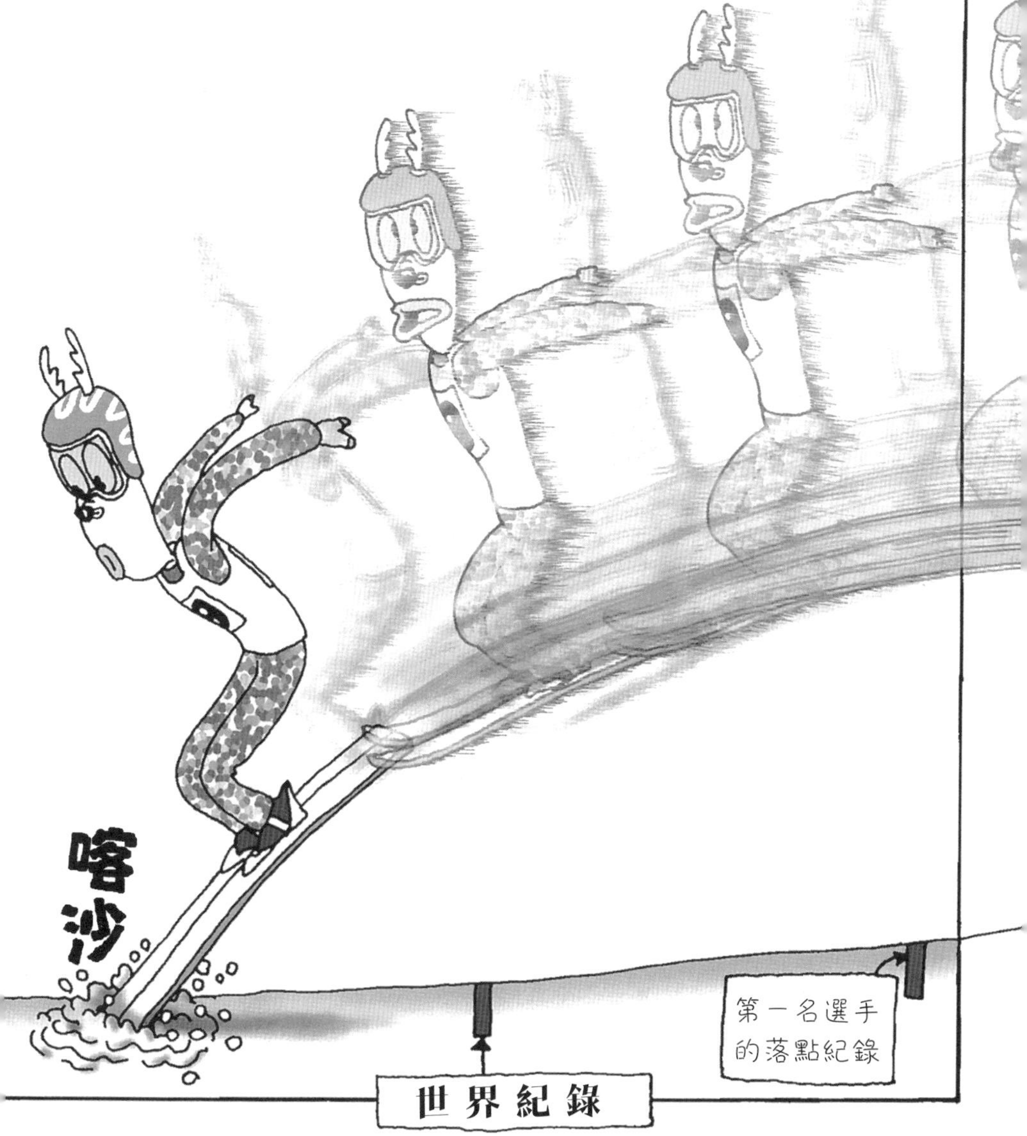

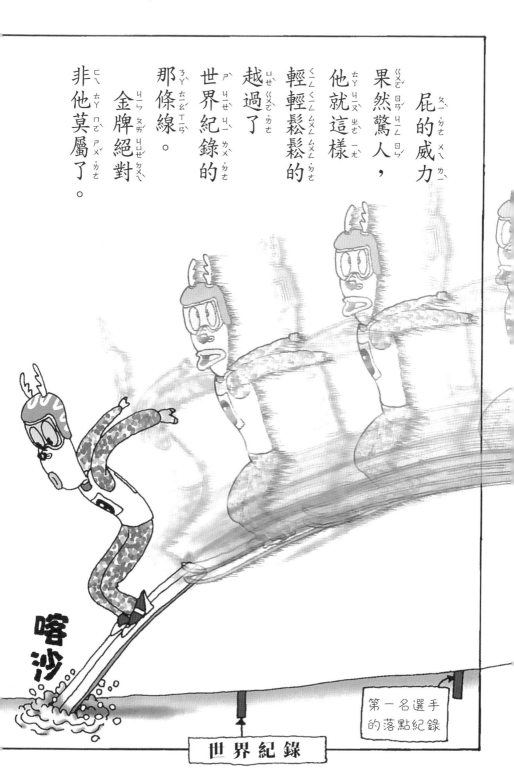

「來自沒有人知道的小王國，波斯凱的選手，跳出了驚人的成績，這是冬季五輪匹克運動會史上，具有歷史性的一刻。」

電視臺的記者和報社的記者紛紛上前包圍住他，整個比賽會場也陷入了一片瘋狂。

丹克想到終於可以回國見到爸爸和媽媽，

他的眼淚
再也忍不住
奪眶而出。

他想要向幫助他的
佐羅力教練道謝，
他的雙眼含著熱淚，
拚命四處尋找，
可是，他卻怎麼找也找不到
佐羅力。

會場上響起了
波斯凱王國的國歌，
丹克走上領獎臺，
站在最高的位置。
佐羅力遠遠看著
丹克站在領獎臺上
接受金牌的身影，
他脫下國王的頭套，
丟在一旁說：

「幸虧一切順利，真是太好了。」

他們三個人相互點著頭，悄悄的離開了冬季五輪匹克運動會的比賽會場。

多虧了五輪匹克運動會裡那幾場熱鬧的比賽，讓佐羅力三人順利的甩掉了追兵，好久沒有這麼輕輕鬆鬆的走在路上了。

我想了一下，發現佐羅力大師應該可以得到兩面金牌。
不知道一面金牌可以買幾個紅豆麵包？
我覺得菠蘿麵包比較好吃。

比起拿金牌，讓一個年輕人可以回到爸爸和媽媽的身邊，更加重要。這個世界上，有我這個因為見不到媽媽而感到孤單難過的人，就已經足夠了。搞不好在天堂的媽媽，會把她心裡的金牌頒給我。
佐羅力，幹得好，媽媽給你金牌，給你金牌。
媽媽用最拿手的編織，打了一個毛線金牌。

作者簡介

原裕 Yutaka Hara

一九五三年出生於日本熊本縣，一九七四年獲得ＫＦＳ創作比賽「講談社兒童圖書獎」，主要作品有《小小的森林》、《手套火箭的宇宙探險》、《寶貝木屐》、《小噗出門買東西》、《我也能變得和爸爸一樣嗎？》、【輕飄飄的巧克力島】系列、【膽小的鬼怪】系列、【菠菜人】系列、【怪傑佐羅力】系列、【鬼怪尤太】系列、【魔法的禮物】系列等。

譯者簡介

王蘊潔

專職日文譯者，旅日求學期間曾經寄宿日本家庭，深入體會日本文化內涵，從事翻譯工作至今二十餘年。熱愛閱讀，熱愛故事，除了或嚴肅或浪漫、或驚悚或溫馨的小說翻譯，也從翻譯童書的過程中，充分體會童心與幽默樂趣。曾經譯有《白色巨塔》、《博士熱愛的算式》、《哪啊哪啊神去村》等暢銷小說，也譯有【魔女宅急便】系列、【小小火車向前跑】系列、《大家一起來畫畫》、《大家一起做料理》【大家一起玩】系列等童書譯作。

臉書交流專頁：綿羊的譯心譯意。

國家圖書館出版品預行編目資料

怪傑佐羅力之恐怖大跳躍
原裕 文、圖；王蘊潔 譯 --
第一版. -- 台北市：天下雜誌, 2013.03
96 面；14.9x21公分. --（怪傑佐羅力系列；20）
譯自：かいけつゾロリのきょうふの大ジャンプ
ISBN 978-986-241-667-9（精裝）
861.59　　102002627

怪傑佐羅力系列 20

怪傑佐羅力之恐怖大跳躍

作者｜原裕
譯者｜王蘊潔
責任編輯｜黃雅妮
特約編輯｜游嘉惠
美術設計｜蕭雅慧

天下雜誌群創辦人｜殷允芃
董事長兼執行長｜何琦瑜
兒童產品事業群
副總經理｜林彥傑
總編輯｜林欣靜
主編｜陳毓書
版權主任｜何晨瑋、黃微真

出版者｜親子天下股份有限公司
地址｜台北市 104 建國北路一段 96 號 4 樓
電話｜（02）2509-2800　傳真｜（02）2509-2462
網址｜www.parenting.com.tw
讀者服務專線｜（02）2662-0332
週一～週五：09:00~17:30
讀者服務傳真｜（02）2662-6048
客服信箱｜bill@cw.com.tw

法律顧問｜台英國際商務法律事務所．羅明通律師
製版印刷｜中原造像股份有限公司
總經銷｜大和圖書有限公司
電話｜（02）8990-2588
出版日期｜2013 年 3 月第一版第一次印行
2022 年 6 月第一版第十四次印行
定價｜250 元
書號｜BKCH057P
ISBN｜978-986-241-667-9（精裝）

訂購服務
親子天下 Shopping｜shopping.parenting.com.tw
海外．大量訂購｜parenting@cw.com.tw
書香花園｜台北市建國北路二段 6 巷 11 號
電話｜（02）2506-1635
劃撥帳號｜50331356 親子天下股份有限公司

每讀新聞

壯舉 波斯凱王國的丹克選手在跳台滑雪比賽中榮獲金牌!!

波斯凱王國的丹克選手興奮不已

剛成立不久的波斯凱王國，原本默默無聞，這次成功引起了世人的注意。這個位在南方的小國家，根本沒地方可以練習滑雪，沒想到，出身波斯凱的選手居然能在跳臺滑雪比賽中，一舉得到了金牌。這位選手名叫丹克（二十一歲），他原本是籃球選手，突然被拔擢為跳臺滑雪國家代表隊選手，他能夠突破極限、完成壯舉，確實相當激勵人心。

波斯凱國王

丹克的發言引起討論

但是，丹克在休息室裡所說的一番話，卻引起了輿論的熱烈討論。

「因為我擔心見不到爸爸和媽媽了，所以卯足了全力。」

波斯凱國王為了得到金牌不擇手段的做法，可能必須負起相當的刑事責任。

為此，波斯凱國王緊急召開記者會，並在記者會上發表聲明，表示已經深刻反省之前的行為。

「我只想到讓全世界知道我們的國家，所以才會說了這麼重的話。經過這次事件，我國已在全世界打響了國名，成為國際社會的一分子。從今以後，我會努力治國，為國民著想，不會讓這個國家在世人面前蒙羞。」

丹克選手在啟程回波斯凱王國前，留下了這樣一句話：

「多虧了佐羅力教練的指導，我才能得到這個金牌。比賽結束後，他像一陣風般消失了，我無法當面向他道謝，這是我心裡最大的遺憾。」

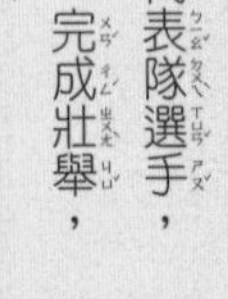

五輪匹克運動會漏網消息

雖然姓名剛好相同，但這一則是關於壞蛋佐羅力的消息。警方居然再度失手，讓混進五輪匹克運動會場的怪傑佐羅力，再度失去了蹤影。